0

Le Tohu-Bohu

LE TOHU-BOHU

Ophélie Grevet-Soutra

2

Le Tohu-Bohu

4

Le Tohu-Bohu

En couverture: Pauline Peugniez « La femme au chat »

Huile sur toile (détail)

ISBN : 978-2-32227-194-8

Dépôt légal : décembre 20

Ophélie Grevet ©

Éditeur : BoD-Books on Demand
12-14 rond-point des Champs-Élysées,
75008 Paris
Impression : Books on Demand,Norderstedt, Allemagne

« Tout ce que me raconte Moravagine me fait rire.
C'est impulsif, c'est ma façon de renaître à la vie. »
Blaise Cendrars

Les personnages :

Lucette : 45-55 ans
Sa sœur : 20-25 ans
Un client étranger

L'inspecteur Durantin
L'amoureux : 30 ans
Le directeur de l'hôtel
Le ventriloque 35-40 ans

Avertissement de l'auteure :

Le Tohu-bohu dormait dans mon placard ; il a été écrit en 2000, a failli voir le jour sur une scène de théâtre mais, assez banalement, le projet est tombé à l'eau. Qu'on ne s'en chagrine point, une solution existe. Sa lecture procure un délassement tout aussi bénéfique.

Dans le sous-sol d'un grand hôtel parisien...
Lucette est assise derrière une table, elle tricote.

Lucette :

Eh ! Attention à la marche... non, mais quel zigoto !
Pas de merci, pas de sourire, rien ! Et dire que ça fait
vingt ans que ça dure. Vingt longues années que je vois
cette marche. Qu'elle n'a pas bougé de place ! Que j'hurle
pour les prévenir ! Misère, je suis bien trop bonne.
Après tout, je m'en balance...
Ils n'ont qu'à se casser la goule, je m'en contrefous.
Écrasez-vous la binette, je ramasserai les oreilles !
Ces margoulins sont quand même vernis. Si, si, ils ont
un sacré pot que j'sois pas rosse, ni rancunière. Sinon,
je ne te raconte pas le carnage. Un triple vol plané sur
une simple marche, et je ne te raconte pas la queue aux
urgences. Souvent, j'en rêve... dos brisés, fronts ouverts,
arcades sanglantes, crânes fendus et des tas de membres
à rafistoler. Sans oublier les sirènes et tout le charivari des
équipes de secours, on aurait droit à un beau raffut.
Poussez-vous ! Place aux blouses blanches.
En civière, Simone !
Les clients, faut se les fader ! Je ne voudrais pas médire,
ça n'est pas du tout mon genre, pourtant certains jours, je
cafarde... Prenez le dernier. Le tout dernier spécimen qui
vient de sortir d'ici. Vous l'avez remarqué, n'est-ce pas ?
Eh bien, celui-là, question éducation, zéro ! Tout serait à
reprendre.

Je dis bien tout ! Monsieur déboule ici. Jusque-là, rien
à redire. Comme il est pressé, il a tout à fait le droit de
débouler. Et après... Eh bien après, il fait sa petite affaire
en deux temps trois mouvements, et il se débine. Son pas
résonne dans les marches, il vole vers la sortie, et le v'là
dehors ! Pour le bonjour ou le merci, vous repasserez.
Ce n'est pas compliqué, il est entré en coup de vent, et
il est ressorti comme un ectoplasme.
Vous avez vu ses mains ? Vous croyez qu'il les a lavées
ses belles mains manucurées ? Qu'il les a passées sous
le robinet ?
Avec toutes les cochonneries de microbes qui traînent dans
les lieux publics, un homme averti prend des précautions. Il
pense à sa santé, à sa famille, à ses collègues... Mais lui, le
bellâtre gominé, a-t-il seulement deux sous de conscience ?
J'en doute. Sa chevalière en plaqué ne tombera pas dans le
trou du lavabo, ça non ! Cœur sec et mains moites, le bougre
ignore l'usage bénéfique du savon. Même sa pauvre mère,
qu'il visite tous les trente-six du mois, mérite autre chose
que son mépris microbien ou la transmission d'une maladie
grave. En échange d'une poignée de Pascal, il embrasse
le front pâle et dégarni de la pauvre femme, et il pose ses
mains sales partout.
Exactement le genre de type qui n'ouvre la bouche que par
intérêt. Le genre pas net, toujours à la bourre, et un peu bête.
Pas bestial... Mais bête, tout simplement.
D'une bêtise crasse, on peut le dire.
Vous situez mieux le personnage, à présent ?

Eh bien, des comme lui, j'en vois passer tout au long de la journée. Bon, question pièces jaunes, je ne me plains pas. Ma soucoupe est joliment garnie. La routine rapporte.

Mais pour le reste… Mon désir légitime d'être une dame, d'être traitée en tant que tel, ni plus, ni moins, avec un minimum d'égards, justifié par ma longue expérience de la nature humaine dans les bas-fonds de ce sous-sol parisien, je peux le plier dans mon mouchoir et m'asseoir dessus. Dans ma blouse de nylon, je suis à peine visible. Transparente. Inexistante. Je suis une fourmi rose-fuchsia dans un trou garni. Comme une potiche en porcelaine ou un automate de la foire du Trône, je fais partie du décorum. Un petit bonjour, par ci… un petit merci par là, c'est aimable et pas de refus. On a du savoir-vivre, tout de même. Son prochain, on le respecte.

Du moins, en théorie… N'empêche qu'avec eux, bernique ! Pratique ou théorie, c'est du pareil au même. Pour eux, je suis comme la mère Denis, un symbole nettoyant.

Tirer, vider, astiquer, javelliser, je bosse balayette au poing, en respirant leurs sales remugles.

Maman me dit toujours : « Il n'y a pas de sots métiers, Lucette, il n'y a que de sottes gens ! » En somme, elle m'encourage. Mais si je lui réponds que je suffoque dans mon gourbi nauséabond, que je rêve de grands espaces, de chevauchées fantastiques dans le Far West sous un ciel étoilé ou de baignades dans les eaux du Gange, elle me sort sa dernière obsession avec le père des Misérables : « Réfléchis, ma fille ! Crois-tu vraiment que Victor Hugo a planté un arbre place des Vosges comme symbole de la Liberté ? À d'autres… il manquait d'oxygène, le poète.

Exactement, comme toi ! Si tu veux, dimanche prochain, nous irons au Marché aux fleurs et nous choisirons une grande plante verte. Tu la placeras devant toi, et ton travail deviendra plus agréable. »

Pauvre maman ! Si je lui dis « symbole », elle me répond « courage ». Elle s'efforce de me consoler avec sa verdure en pots, mais son optimisme de façade me déprime.

Malgré une intelligence supérieure, un QI démesuré, une connaissance empirique du monde d'hier, l'autrice de mes jours n'excelle pas en botanique.

Je ne compte plus les cadavres de plantes… Jour après jour, j'assiste à leur agonie; c'est la Bérézina des feuilles mortes !

Hier soir, maman et moi, nous avons eu des mots; et, comme à chaque fois que des velléités de fugues me traversent l'esprit, ou que je comprends que ça ne sert à rien de lui en parler, je lui ai crié « ras-le-bol ! ».

Elle a reniflé un grand coup et plongé le nez dans son corsage.

Le silence s'est installé entre nous, le courant n'est plus passé, et nous avons sombré dans une longue, intense, interminable bouderie.

NOIR

Un couple se bécote derrière le mur...
Lucette se lève et nettoie un lavabo.

Lucette :

Dites les amoureux ? Je ne suis pas sourde. Montrez-vous un peu ! C'est quoi toutes ces messes basses ? Vous vous croyez dans la chapelle Sixtine ?

La sœur :

Partez, vite ! Lucette va rugir, sinon. Elle va piquer sa crise. Soyez raisonnable, sortez !

L'amoureux :

Je ne peux pas, mon petit pigeon. C'est au-dessus de mes forces... M'imposer une scène d'adieux dans un endroit pareil ! Pas ici, voyons ! Ces lavabos, ces urinoirs, ce perpétuel va-et-vient... et tous ces gens qui descendent pour se soulager, c'est d'un perturbant. Ne me demandez pas ça...

La sœur :

Justement. Je ne vous le demande pas, je vous l'ordonne ! Tirez-vous ! Dehors. C'est un ordre !

L'amoureux :

Jamais ! Je ne bougerai pas. Dussé-je me laisser piétiner par un troupeau d'individus en quête de sanitaires, j'exige une explication. Votre attitude est impardonnable. Elle est cruelle, ignoble, inqualifiable. Pour une séparation, il existe tout de même des lieux plus romantiques.
Je ne sais pas, moi...
Que diriez-vous d'un square ?
Nous pourrions nous installer comme autrefois sur un banc, donner du pain au pigeon, compter les enfants qui sortent de l'école... J'ai une idée, voyons-nous le soir du Réveillon, chez des amis !

Lucette :

Et, par ici la monnaie, please... muchas gracias ! À dix, je vous vire les tourtereaux. Je ne tiens pas une agence matrimoniale, moi. Et si le directeur se pointe par surprise, c'est encore bibi qui va trinquer.

La sœur :

Vous voyez bien qu'elle est à cran. Pour l'amour du ciel, partez !

L'amoureux :

Vous me chassez ?

La sœur :

Oui. Je vous chasse dans votre intérêt. Dans vingt ans, vous me remercierez. Je vous sauve de l'ennui, du suicide, du désespoir du mariage. Mon geste est homérique, il vient du cœur !

L'amoureux :

Un petit baiser, alors ? Le dernier… Juste un pour la route. *(Il se frotte contre la jeune fille et tente de lui voler un baiser.)*

Lucette :

(Elle surgit en brandissant une brosse dégoulinante d'eau) Monsieur, vous poussez au carrosse; je vous prie poliment de mettre les bouts. De dégager, si vous préférez. Soyez gentleman, ne m'obligez pas à monter le son. Filez ! Déguerpissez. C'est tout ce qu'on vous demande. Allez, ouste ! Du balai !

L'amoureux :

Eh bien, mesdames, je vous salue bien bas et je me retire. Toutefois, je ne vous dis pas à demain, mais à très bientôt. Chère Madame… mes hommages.
Quant à vous, mon amour rétif, mon pigeonneau sauvage, vous ne perdez rien pour attendre. Bye, bye, Lucette !

(L'amoureux sort.)

Lucette :

Alors là, il est revenu ! Ras-le-bol ! Tu veux me faire lourder ou quoi ?

La sœur :

Pas du tout, ma Lulu. J'étais embêtée... Il a tellement insisté pour venir...

Lucette :

Tu as quoi dans le ventre ? Des asticots ? Tu ne peux pas rompre comme tout le monde ? Dans un endroit neutre ?

La sœur :

Écoute, ma Lulu. Au début, je ne pensais pas spécialement à une rupture...

Lucette :

Sans blague. Tu veux que je te dise ? Tu n'es pas chiante, ni inconsciente, t'es carrément emmerdante. J'ai fait les comptes. Rien que pour ce mois-ci, tu bats tous les records. C'est déjà la quatrième rupture que tu m'imposes. Tu veux me rendre folle, ou quoi ? Eh bien, réponds !

La sœur :

Je n'ai pas de chance, ma Lucette. Je ne sais pas du tout à quoi ça tient, mais à chaque fois, je tombe sur des garçons bizarres. Si tu crois que ça m'amuse.

Lucette :

Oh, à d'autres… Je le connais ton baratin. Ma chère sœur, le problème ne vient pas d'eux, mais de toi ! Tu es versatile. Sous prétexte que tu étais la petite dernière, notre mère t'a trop gâtée. Ces désaxés que tu allumes et ramasses n'importe où, trois jours après, couac et poubelle… tu les jettes, comme des malpropres.
Après tout, ça te regarde. Fais-les tourner en bourrique, ça m'est égal. Mais, surtout, surtout… trouve-toi un autre boudoir. En clair, arrange-toi pour rompre tes fiançailles, ailleurs qu'ici.

La sœur :

Sale conne !

Lucette :

Péronnelle, égoïste…

La sœur :

Serpillère…

Lucette :

Découpeuse de cadavres... *(Elle pousse un cri.)* Ah...

La sœur :

Balayette à besoins. Gaz carbonique !

Lucette :

Ah... Ah... Ah...

La sœur :

Qu'est-ce qu'il t'arrive ? Tu as vu un fantôme ou quoi ?

Lucette :

Silence ! Approche... Non, va-t'en !

La sœur :

Faut savoir ! Je reste ou je m'en vais ?
Ma Lucette, tu n'es pas vexée pour le gaz carbonique ?
J'ai dit ça spontanément, sans réfléchir. Allez sœurette,
ne m'en veux pas. Dans la vie, tout est une question de
formule chimique. En deuxième année de fac, on nous
impose des exercices sur la merde et sa composition,
le gaz carbonique en fait partie.

Lucette :

Ce n'est pas le moment. Viens voir…

La sœur :

Où ça ? Ah non! Pas là-dedans… C'est infect !

Lucette :

Un peu de courage… Tu regardes, un point c'est tout.

La sœur :

Si c'est encore une de tes lubies… Qu'est-ce que c'est que ça ?

Lucette :

Un pendu.

La sœur :

Merci! Je le vois bien que c'est un pendu ! Il sort d'où ?

Lucette :

Puisque tu es si maline, demande-lui !

La sœur :

Je ne voudrais pas le déranger. En tout cas, c'est la première fois que je vois un pendu.

Lucette :

Fais un vœu !

La sœur :

Il faut être bizarre pour se suicider dans un endroit pareil.

Lucette :

Ou complètement désespéré...

La sœur :

Pauvre vieux ! Il aurait pu choisir un cadre moins anodin.

Lucette :

La vie est devenue impossible. Pour se loger, c'est hors de prix, alors pour se pendre...

La sœur :

Tu crois ?

Lucette :

Zut, un client ! Ne bouge pas, garde la porte. Je reviens !

La sœur :

Bon. En attendant, tu veux que lui fasse la conversation ?

Le client :

Madame, vous êtes bien la préposée ? Moi, vouloir jeton pour téléphoner.

Lucette :

Désolée, je n'ai plus de jetons ! Prenez des petites pièces. Dring… dring. Terminado, les jetons. Reculez ! La cabine est là-bas, derrière vous.

Le client :

Ah! Je recule, mais je ne vois rien…

Lucette :

Mais si… derrière vous ! Vous ressortez et les cabines sont à droite, sous l'escalier. Allumez la camoufle, ça vous aidera; un petit bouton rouge clignote sur le mur, appuyez dessus !

Le client :

Misère ! Je vois pas cabine. Mauvaise indication. Je dois
appeler en urgence ma fabrique. Une question de vie
ou de mort ! Les Français ne sont pas organisés du tout.

Lucette :

Vous êtes sourd ? Je vous ai dit, à droite, en sortant. Vous
poussez la porte vitrée, et vous tombez pile dessus.

La sœur :

Lucette... Lucette !

Lucette :

Minute... j'arrive ! Du calme, Lucette. Respire. Prends sur
toi. C'est la journée des maboules.

La sœur :

Vite ! Dépêche-toi... Il a bougé.

Le client :

Moi, toujours dans le besoin. Moi, pas trouvé appareil.

La sœur :

Lucette...

Le client (*s'énerve après la cabine*):

Téléphone hors service… Appareil coincé.

Lucette :

Forcément, tout est kapout ! Machines à sous, kapout !
Water-closet, kapout ! La terre est déglingue, fichue,
ratiboisée ! Je ferme boutique. Understand ?

Le client :

Comment ? Et ma petite affaire, la commodité ?

Lucette :

Dehors ! Dans la calle, le pipi. Sur le mur, en plein air ?
Ah, il est vraiment bouché, celui-là !

Le client :

J'ai une urgence fondamentale…

Lucette :

Moi aussi ! Le pipiroum, c'est dehors que ça se passe.
Dorénavant, on fait tout dehors, comme Médor.

Le client :

Médor ?

Lucette :

Waouf ! Waouf ! Médor, le chien-chien ! Il a fait son pipi sur l'arrêt de bus, le gentil chien. Bravo ! Il aura un su-sucre.

Le client :

Waroum ? Le sanitaire des petites Françaises provoque gros scandale. Moi, rédiger plainte à mon syndicat de l'initiative.

Lucette :

T'as raison, Léon ! Embrasse le Marché commun de ma part. Et, muchas gracias pour le pourliche. Non, mais quel lourdingue !

La sœur :

Lucette, tu t'amènes ou quoi ?

Lucette :

Minute papillon! Je ferme boutique et j'arrive. *(Elle barricade la porte vitrée.)* Comme ça, nous ne serons plus dérangées.

La sœur :

Ce n'est pas trop tôt ! Pendant que tu virais le lourdingue, il a vraiment bougé. Maintenant, il est complètement raide. C'est bizarre, non ? Je ne l'ai pas touché. Beurk…

En plus, je ne suis pas du genre à laisser mes empreintes sur un macchabée. Il ne manquerait plus qu'on m'accuse de l'avoir occis. Qu'est-ce qu'on fait, sœurette ?

Lucette :

Rien. J'ai barricadé l'entrée, et je vais en griller une. Toutes ces émotions m'ont coupé les jambes, j'ai besoin d'une vraie pause.

La sœur :

Je croyais que tu avais arrêté de fumer !

Lucette :

Moi aussi. Que veux-tu ? Quand je tricote, ma tête se vide, et j'arrête pour de bon. Mais quand je n'ai plus rien à faire, je cogite, et je reprends. C'est physique, comme truc.

La sœur :

Tu te débrouilles bien avec les étrangers. Je remarque que tu possèdes un don inné pour les langues étrangères…

Lucette :

La pratique, mon chou. Quand on travaille dans un milieu cosmopolite, on finit par s'élever. Du coup, je mémorise. J'enregistre des mots, sans plus.

La sœur :

Et le pendu ? As-tu une idée pour le sortir de là ?

Lucette :

Pas vraiment. Tu lui as fait les poches ?

La sœur :

Tu plaisantes ! Déjà, qu'il n'est pas beau à voir... Avec ses jambes de pantin, suspendues dans le vide comme deux pattes d'extraterrestre, sa figure blafarde et ses yeux vitreux qui fixent le trou de la tinette, il me fiche la trouille, moi ! Tu ne voudrais pas, en plus, que j'aille le fouiller.

Lucette :

Si, justement. J'eusse grandement apprécié que tu le palpasses un peu partout.

La sœur :

Alors là !

Lucette :

Alors là, quoi ? Au boulot, ma belle, et plus vite que ça ! Dis-moi, un peu... Tu t'es tapé combien de disséqués à la fac ? Tu m'as même raconté que tu les découpais en long, en large et en travers, pour leur sortir les tripes ?

Tu as de la chance avec celui-là, il n'est pas encore décousu. Le gaillard se tient bien droit, il ne respire plus. On dirait un sac de blé. Allez, fouille-le !

La sœur :

Lucette ! Tu ne peux pas me demander une chose pareille. En salle de dissection, c'est différent. Ils sont tout nus. Ils sont là pour ça, en quelque sorte. Alors que celui-là… Non, non et non, je ne peux pas. Trouve-toi quelqu'un d'autre.

Lucette :

Ben voyons… Mademoiselle fait sa chochotte. Ah ! Tu parles d'une frangine. L'esprit de famille et toi, ça fait deux. J'espère qu'il aime les papouilles, sinon… Avanti, Lucette, du cran ! À la guerre comme à la…

La sœur :

Lulu, fais attention !

Lucette :

Espérons qu'il ne mord pas… Écoute, je garde de l'eau oxygénée dans mon casier. Si tu m'entends crier, cours chercher le flacon et rapplique en quatrième vitesse. Je n'ai pas envie d'attraper le tétanos ou la rage.

La sœur *(essaie de retenir Lucette):*

Attends ! Tu devrais réfléchir aux conséquences de ton acte. Je te rappelle que je l'ai vu bouger.

Lucette *(entre dans le water):*

Rien de plus normal, mon chou. Il doit bouger, c'est un signe. On appelle ça, l'éclosion de la mandragore. Ou la réaction du pendu. Mazette ! Il est encore chaud. Tiens ! Voilà tout ce que j'ai trouvé...

La sœur :

La réaction du pendu... Jamais entendu parler. Qu'est-ce que c'est au juste comme réaction ?

Lucette :

Ce que tu peux être gourde, des fois ! On vous enseigne quoi, dans ta fac à potaches ?

La sœur :

Arrête un peu avec mes études... Si tu crois que c'est marrant d'y aller ?

Lucette :

La miss veut se marrer, je rêve ! Et moi, tu crois que je m'amuse ? J'astique des waters à longueur de journée.

J'étouffe. J'asphyxie. Je vois mourir, les unes après les autres, toutes mes plantes vertes. Et je devrais me bidonner ? Regarde autour de toi, sœurette. Ouvre grand tes mirettes, et ose dire que ma vie est marrante. Que dans ce gourbi tout porte à rire ! Que je ressemble à la plus épanouie des femmes !

La sœur :

Pardon, Lucette. Je n'ai pas voulu dire ça… Je suis injuste avec toi. Tu mérites cent fois mieux que ce travail ingrat.

Lucette :

Un porte-monnaie… Voilà tout ce que j'ai trouvé.

La sœur :

Dis, la réaction mandragore… Qu'est-ce que c'est ?

Lucette :

Tu veux vraiment le savoir ? Tu es sûre ? Et tes livres de médecine, tu les consultes au moins ? Bon, je vais t'expliquer. Pour un motif X ou Y, dettes de jeu, chagrin d'amour, échec existentiel, un type se pend. Jusque-là, tout va bien. Il est suspendu, les pieds dans le vide, et il flotte. Son souffle est coupé, sa langue sort. Elle commence à noircir. Son corps tressaute, une fois, deux fois, et c'est fini. Enfin, presque…

Soudain, comme par magie, tu as son cuicui qui gonfle, son sperme coule et tombe au sol. Plouf !

Quand la mandragore fleurit, c'est comme une graine que tu plantes dans la terre, suivie d'une éclosion. Une jolie fleur, dit-on, aux pétales couleur carmin, plutôt parfumée et très répandue au Moyen-Âge.

La sœur :

C'est vrai ? Une fleur pousse dans le sperme des pendus ?

Lucette :

Exactement.

La sœur :

Mince ! Mais alors, quand il a bougé tout à l'heure…

Lucette :

Il était sûrement en train de semer sa graine.

La sœur :

Mais c'est dégoûtant !

Lucette :

Non, poétique. Pas de carte bleue, pas de grosses liasses et pas de carnet de chèques. Y'a vraiment rien là-dedans.

Pauvre gars… Tiens, une photo ! Tu vois quelque chose, je n'ai pas mes lunettes.

La sœur :

Montre ! C'est bizarre, on dirait…

Lucette :

Fauché comme les blés ! Tu m'étonnes qu'il ait ruminé sa pendaison.

La sœur :

Elle est drôlement vieille cette photo. Je vois un monument, avec plein de neige tout autour.

Lucette :

Il était sur la paille ! Quel monde ! Et mon pourboire ? Ce type ne m'a rien laissé. Encore un ! Par où est-il entré ? Il n'est jamais passé devant moi…

La sœur :

Lucette, tu ferais mieux d'appeler la police.

Lucette :

La police ! Pour qu'on nous soupçonne ?

La sœur :

De quoi ?

Lucette :

Mais de tout, voyons ! D'assassinat, d'escroquerie, d'incitation au suicide !

La sœur :

Tu exagères. Je ne vois pas l'intervention des forces de l'ordre sous cet angle.

Lucette :

Naïve ! As-tu songé, une seconde, aux désagréments que provoquerait une enquête ? Si la police déboule dans mon gourbi, imagine le scandale ! Tu as pensé aux paparazzis ? Aux flashs dans les yeux ? J'aurais ma photo en première page, avec un pendu au-dessus de la cuvette. Je serais mêlée à une histoire sordide. Je deviendrais la proie d'un fait-divers. Je nagerais dans la banalité, le vulgaire, le mépris de la terre entière !

La sœur :

Tu y vas fort, ma Lulu. La police et la presse ne traquent pas les honnêtes gens. Par contre, il y a de fortes chances que le suicidé soit Russe.

Lucette :

Un Ruscof… Impossible ! Tu dois te gourer ?

La sœur :

Avec le rouble que je viens de trouver et la photo sous la neige, je suis quasiment sûre de ne pas me tromper.

Lucette :

Manquait plus ça ! Un bolchevique dans mes toilettes ! Et dire que je ne suis toujours pas syndiquée. J'aurais dû le faire finalement…

La sœur :

Quoi donc ?

Lucette :

Me syndiquer ! Si je n'ai pas pris de carte, c'est uniquement pour ne pas chagriner maman.

La sœur :

Tu parles… Comme si maman s'arrêtait à ce genre de détails.

Lucette :

Parce que découvrir le nom des de Fabrique Sainte Louve sur une liste du PCF, tu appelles ça un détail ?

La sœur :

Pourquoi pas ? Un nom de plus ou de moins, quelle importance ?

Lucette :

Et la famille ? L'honneur de nos ancêtres, tu y songes ? Tous ces Fabrique d'antan qui ont dû mettre les voiles pour échapper à un destin tragique. Tous nos aïeux, dispersés aux quatre coins du globe, errants, divagants, vassalisés par les Anglais en échange d'une poignée de morceaux de sucre, tu les oublies !

La sœur :

Vassalisés, vassalisés... tu pousses un peu au carrosse. Dois-je te rappeler qu'au moment crucial où leur épée et leur loyauté eussent dû sauver la tête du roi, nos ancêtres ont surtout brillé par leur absence ? Moi, à leur place, je n'irais pas pavoiser.

Lucette :

Ignorante ! Tu n'es pas digne de ton sang.

La sœur :

Oh, ça va ! Tu me gonfles avec tes histoires de monarchie.

Lucette :

Et le Fabrique de la carte postale ? Un génial inventeur. Il en avait dans le citron, lui ! Un format court, pratique, rapide, il fallait y penser. Plus de blabla à n'en plus finir. On écrit, on oblitère, et on poste !

La sœur :

Bof ! Il a fini dans la misère, ton génial inventeur.

Lucette :

N'empêche qu'il a enluminé de gloire notre blason. On ne peut pas en dire autant de sa descendance. Nous nageons en pleine déchéance.

La sœur :

Et le pendu, tu comptes en faire quoi ?

Lucette :

Zut ! Je l'avais oublié celui-là… Écoute, rends-moi service. Va au tabac m'acheter des clopes. Prends de la monnaie dans ma soucoupe. Dépêche-toi, je t'attends.

La sœur :

Tu ne veux que des cigarettes ?

Lucette :

Oui. Des blondes…

La sœur :

Tu es sûre que ça va aller ?

Lucette :

Mais oui… file !

NOIR

La pièce est plongée dans la pénombre, un éclairage intimiste descend sur Lucette.

Lucette :

Après tout, elle a raison. Une particule, qu'est-ce que ça signifie ? Pas grand-chose. Surtout à l'heure actuelle.
Le monde moderne nous a bien empapaoutés; il nous a transformés en numéros. Va t'y retrouver !
Même mon numéro de sécu, je ne le retiens pas !
Et toi, le Ruscof, que penses-tu des affaires de famille ?
Une vraie marmelade. Un salmigondis générationnel.
Je vois ! Monsieur n'est pas du genre bavard.
Tu me diras, dans ton pays, le silence fait loi.
On raconte que les Russes se méfient de tout le monde.
Qu'ils évitent même de se confier aux lampadaires de la place Rouge ! Des fois que les autorités aient planqué des micros dans les loupiottes…
Punaise, vous ne devez pas rigoler tous les jours.
Moi, j'aime parler… Quoiqu'en dise ton Soviet suprême, une bonne causette, ça détend toujours l'atmosphère.
Bref ! Revenons à ton geste inconsidéré, qui me met dans un pétrin épouvantable. Ta mandragore, tu ne pouvais pas la déposer dans un lieu vraiment public ? Un jardin, par exemple… Le Luxembourg, tu connais ? Question verdure, fleurettes et bol d'air, c'est pas mal du tout. De plus, les toilettes sont nickels. Et mes collègues, charmantes. Sinon, tu aurais pu choisir les rues du Quartier latin… Elles sont chargées d'histoire, et il y a de chouettes balades à faire.
Pour un pendu, comme toi, la Rive Gauche, c'est François

Villon, Gutenberg, la poésie, l'imprimerie et le dictionnaire !
Tout est bath, là-bas ! Culturellement parlant, tu ne pouvais
pas trouver mieux ! Par ici, c'est différent. L'environnement
est morose. Pour commencer, tu as deux gares. Des trains
qui vont et viennent dans tous les sens, et de nombreux
types qui se jettent dessous.
Il n'empêche, un bon touriste ne se déplace jamais sans
son plan. Tout est indiqué dessus. Les rues, les avenues,
les jardins, les monuments… tout le tremblement, quoi !
Tu te trouves à Paris, mon petit gars ! La capitale du
monde… Et à Paname, on ne suicide pas n'importe où.
À chaque quartier, sa méthode !
Moi, je ne t'ai pas demandé de venir t'occire ici, dans mes
toilettes ! Si tu as fait ça pour m'emmerder, eh bien, c'est
gagné ! Bravo, mon coco. Si, si, bravo ! Je suis dans le gaz
carbonique, jusqu'au cou. Et ma frangine peut confirmer.
Parce que le gaz, les miasmes du corps humain et tous
ses dérivés chimiques, elle les connaît par cœur.
Oh, mais j'y pense… Ce poète russe qui s'est suicidé,
Essin quelque chose… Tu ne vois pas ? Mais si ! Il s'est
donné la mort dans un hôtel, comme toi !
Sapristi ! J'ai son nom sur le bout de la langue.
J'y suis, Essenine! Suicidé à l'hôtel d'Angleterre.
Tu le connais ? Non. Tant pis. Drôle de type...
Il se marie avec une danseuse et, couic, supprimé.
C'est sûrement un coup du jardinier diabolique…
Son fantôme décapitait les roses en hiver, il ensanglantait
la neige, version année 20; en pleine révolution bolchevique,
il saccageait toutes les jeunes pousses.
Parfois, il lui arrivait de croiser un poète malheureux, et là…
Comme l'a écrit, je ne sais plus qui, le talent, c'est mortel !

Moi, la pendaison, je ne pourrais pas.
Montrer sa langue à tout le monde, merci bien !
Je trouve ça mal élevé. Parfaitement, mal élevé et vulgaire.
Je vais t'avouer un secret, camarade pendu. J'ai souvent le
bourdon à rester cloîtrée dans un sous-sol, huit heures par
jour. Je me sens comme un papillon… Un papillon qu'on
plonge dans le formol, avant de l'exposer dans une boîte
en verre avec un pieu dans le ventre.
Ici, je ne vois jamais le ciel.
La lumière des néons m'éblouit, elle m'aveugle.
À propos, j'ai une question qui me turlupine depuis tout à
l'heure. Simple curiosité féminine… Au pays des soviets,
vous avez des dames pipi ?
Bien sûr que non! Un métier pas dans les clous.
Trop américain ou capitaliste, je suppose.

> Et puis, un kolkhoze de dames pipi,
> ça rapporterait que dalle !

Un grand cri… Bruit d'une chasse d'eau tirée.

NOIR

Lucette est évanouie. Sa sœur lui tapote les joues.

La sœur :

Lucette, Lucette, réveille-toi ! Au secours ! Mon Dieu, elle ne bouge plus.

Lucette :

Aie, ma tête ! Ma mâchoire est engourdie. Vite, de l'eau, à boire...

La sœur :

Tu as glissé ou quoi ?

Lucette :

Où suis-je ? Qui suis-je ? Le jardinier diabolique est sorti de nulle part. Sournoisement, il m'est tombé dessus.

La sœur :

Tu es ma sœur bien-aimée que je retrouve dans les pommes après dix minutes d'absence. Tu es ma Lucette, ma grande sœur adorée...

Lucette :

Pas Lucette ! Alice... je m'appelle Alice. J'ai vu un miroir avec des pétales de roses rouges et je l'ai traversé.

La sœur :

Arrête ton délire ! Dis-moi où tu as mal.

Lucette :

Là-haut, dans le citron. Tout se mélange dans ma tête…

La sœur :

Tu te trouves en état de choc; je ne te laisserai pas une minute de plus dans un état pareil sans réagir. Je devine tous les signes cliniques de la catalepsie, variante connue d'une amnésie temporaire. Il faut absolument que tu ailles à l'hôpital, où tu passeras une radio du rachis cervical. C'est une urgence… J'appelle les secours.

Lucette *(se redressant)***:**

Surtout pas ! Je vais beaucoup mieux, ça va passer…
Si, si, je t'assure que mon rachis revit.

La sœur :

Lucette, je dois t'avouer quelque chose. Même si tu te mets en colère après moi, j'implore ton indulgence.
Voilà, en achetant des cigarettes j'ai pensé que…

Un policier surgit, l'arme au poing.

Le policier :

Police ! Que personne ne bouge. Restez où vous êtes !

Lucette (*se lève*) :

Qu'est-ce que c'est que ça ?

La sœur :

C'est moi, Lucette. Afin de tirer cette affaire au clair, j'ai appelé la police...

Le policier :

Personne, personne, et encore personne. Où diable est-il parti ?

Lucette :

De ce côté... Il s'est sauvé par la porte.

Le policier :

Vous vous fichez de moi ? Le mort se serait enfui par là ?

Lucette :

Mais non ! Je vous parle du jardinier diabolique, le voyou qui vient de me fracasser la tête.

Le policier :

Moi, je cherche un pendu. Mesdames, montrez-moi le lieu du drame.

Lucette :

Mesdemoiselles ! Commissaire, veuillez noter que ma sœur et moi ne portons point la bague au doigt. Nous sommes célibataires.

La sœur :

Viens vite, Lucette… C'est délirant ! Il a disparu !

Le policier :

Trêve de plaisanterie ! Les plus courtes sont souvent les meilleures, dit l'adage; et comme dans mon métier de policier, badinage rime généralement avec carnage, ne perdons pas de temps. Au travail ! Commençons par la procédure habituelle. Nom, prénom, âge et profession des témoins. Je vous écoute !

Lucette :

Il n'a pas pu s'envoler. Et la corde ? Tu la vois ?

Le policier :

Eh bien, madame ? J'attends…

Lucette :

Mademoiselle !

Le policier :

Mademoiselle, je vois, je vois… En somme, vous n'avez pas encore convolé. Oh, ce n'est pas grave. Pas grave du tout. J'ai l'habitude, après tout. Dans notre métier, nous en voyons des vertes et des pas mûres; je veux parler de ces originaux qui prennent un malin plaisir à appeler nos services pour rien. Je pense avoir éclairci le terrain, joué cartes sur table, montré que ma patience légendaire ne cède que très rarement au courroux. Puisque la situation est clarifiée, tout ira comme sur des roulettes. Il me faut des preuves, les actes suivront ! À condition, bien entendu, que vous aidiez un officier de police à élucider une obscure affaire. Mademoiselle… Mademoiselle comment ?

Lucette :

Lucette de Fabrique Sainte Louve.

Le policier :

Ce n'est pas possible !

Lucette :

Si. Pourquoi ?

Le policier :

De Fabrique Sainte Louve ! Vous êtes une de Fabrique Sainte Louve ! Ah, mes aïeux, par Guillotin, enfin je les tiens ! Victoire. Quelle aubaine !

Lucette :

Née à La Roche-sur-Yon, le 18 mars 19… et des poussières.

Le policier :

Durantin… Durantin, ça ne vous dit rien ? Rien de rien ? Vraiment ?

Lucette :

Non. Je connais des Durand, Durannier, Duracuire. Mais là… Durantin, dites-vous ? Vous êtes sûr du nom ? Désolée, il ne m'évoque absolument rien. Est-ce un parent à vous ?

Le policier :

Un parent… Mais Durantin, c'est moi ! Je suis l'inspecteur Durantin, comprenez-vous ?

La sœur :

La corde aussi a disparu.

Lucette :

Mince alors !

Le policier :

Ah, ça vous en bouche un coin ! Je m'en doutais.
Le monde est si petit... Je le savais. Je le savais...

La sœur :

Méfie-toi, Lucette... il a l'air bizarre.

Lucette :

Eh bien, inspecteur... Puisque vous savez tout, et que
le pendu s'est fait la malle, tout le monde peut rentrer
chez soi. Le soviet ne vous a pas attendu, il a préféré
détaler et baguenauder dans Paris.

Le policier :

Le soviet ? Vous avez dit soviet ?

Lucette :

Oui. Pourquoi ? Vous êtes russophobe, commissaire ?
Remarquez, je vous comprends. Entre soviet, double taupe
et espion du KGB, un vieux chat de gouttière n'y retrouverait
pas ses petits. Une moustache du matou est repérable moins
de deux. Elle frétille de joie aux abords d'un plat de sardines.

Tandis qu'un espion soviétique, qui se pend dans mes toilettes, a forcément un microfilm dissimulé dans la semelle de ses souliers éculés ou dans la poche secrète de son slip Polichinelle.

La sœur :

Arrête ! Regarde… Il vire au cramoisi, le gars.

Le policier :

Si le KGB est dans le coup, je dois immédiatement en référer à mes supérieurs. L'affaire est délicate. Sécurité avant tout. Repérage des lavabos, cuvettes au peigne fin, je m'occupe des traces. Quant à vous, motus ! Pas un mot. Vous restez là ! Où puis-je trouver un téléphone ?

Lucette :

Celui avec des jetons est hors service. Adressez-vous à l'accueil !

La sœur :

Un inspecteur sans portable. C'est la dèche dans la police…

Le policier (*avant de sortir*)*:*

Vous ne bougez pas d'ici. Attention ! Je vous ai à l'œil. Une Fabrique de Sainte Louve, non deux ! Bingo ! Ah, mes aïeux… mes aïeux !

La sœur :

Lucette, où est-il caché ?

Lucette :

Qui ça ?

La sœur :

Mais l'autre, voyons… le pendu !

Lucette :

Oh, celui-là ! Nulle part, mon chou. Je ne l'ai pas même pas vu s'enfuir…Cette histoire me dépasse, elle devient glauque.

La sœur :

Tu m'étonnes… glauque, avec un grand G.

Lucette :

J'étais en train de lui faire un brin de causette quand, tout à coup, boum ! J'ai senti un grand coup sur la tête. J'ai vu des étoiles en pagaille, comme dans les films policiers, et ensuite, le trou noir.
J'ai sûrement une bosse ou pire…
Tu ne veux pas vérifier ?

La sœur :

Montre… Tu n'as qu'une marque minuscule.
Rien de grave, sœurette, tu survivras.

L'amoureux revient…

L'amoureux :

Ah, mon aimée… Acceptez ces violettes, où je me jette
par la fenêtre !

La sœur :

Encore vous ? Écoutez, Ferdinand ! Si vous m'aimez, ne
sautez pas. Pendez-vous ! Semez une mandragore, et je
me donne à vous.

Lucette :

Antoinette !

La sœur :

Quoi ? La police recherche un pendu, n'est-ce pas ? Alors,
lui ou un autre, quelle différence ?

L'amoureux :

Tout. Tout. Demande-moi tout, mon ensorceleuse.

La sœur (*pousse son amoureux dans les toilettes*) :

Pends-toi, idiot ! Allez, donne-moi ta cravate.

L'amoureux (*il rit nerveusement*):

Attention, mon amour ! Vous me chatouillez.

La sœur :

Si tu t'exécutes gentiment, je te promets une chose.
Ta mandragore, je la mettrai en pot. Et je l'arroserai
tous les jours. À présent, grimpe !

L'amoureux :

Où ça ?

Lucette :

Antoinette, je vais me fâcher.

L'amoureux :

Lâchez-moi, à la fin ! Je ne veux pas monter là-dessus.

La sœur :

Tu vas te laisser pendre, oui ou non ?

L'amoureux :

Non... Ah, Seigneur ! J'étouffe... Maman, au secours ! Mon cou. Pitié, je ne veux pas. Non, non...

Le policier revient, la mine soucieuse.

Le policier :

Dussé-je avaler ma Légion d'honneur, je retrouverai ce lascar, mort ou vif... Mesdemoiselles, à nous trois ! Je vais prendre vos dépositions.

L'amoureux :

À l'aide... Monsieur, au secours !

La sœur :

Silence ! Si tu cries encore, je te quitte.

Le policier :

Ordre du ministère. Consigner par écrit les dires de chaque témoin.

L'amoureux :

Quelqu'un, à l'aide... On m'assassine !

Le policier :

Qu'est-ce que j'entends ? Eurêka ! Voici donc, en chair et en os, l'énergumène. Le pendu, je suppose ?

L'amoureux :

Ferdinand, monsieur... Ferdinand Dupré.

Le policier :

Le moribond est pâle, décoiffé, décomposé, mais il peut encore parler. À la bonne heure... Ses aveux simplifieront ma paperasse.

Lucette :

Commissaire, je vous présente Ferdinand Dupré.

Le policier :

Inspecteur, chère petite madame ! Je ne suis qu'un simple fonctionnaire. On ne prête qu'aux riches n'est-ce pas ? Ma rosette témoigne de ma probité, de mon savoir-faire, de mon excellence dans mes fonctions de policier. Les promotions existent, je n'exclus pas de monter en grade.

Lucette :

Heureusement que des hommes comme vous existent ! Grâce à vous, les honnêtes gens peuvent dormir tranquilles.

Inspecteur, vous qui traquez sans relâche les jardiniers diaboliques, je vous félicite. Permettez-moi, toutefois, de vous éviter de faire fausse route. Ce jeune homme, que vous avez découvert en équilibre sur la cuvette, se trouve être le soupirant de ma sœur. Ils s'aiment ! Se taquinent. Vous ne trouverez rien de folichon là-dedans.

Le policier :

Je comprends… l'intrigue prend tournure. Je vois mieux la situation. Et votre sœur porte également le nom de Fabrique Sainte Louve ?

Lucette :

Évidemment !

Le policier :

Fort bien… Je brûle. La chance me sourit. D'une pierre, je fais deux coups.

La sœur :

Deux cous de pendus ! Élémentaire, mon cher Dutintin.

Lucette :

Antoinette, tu m'énerves…

Le policier :

Comme je ne suis pas né de la dernière rosée du matin,
j'aimerais tout de même comprendre... Un dernier détail
m'échappe. Expliquez-moi pourquoi, le tendre ami de
mademoiselle votre sœur, se tient en équilibre sur vos
pissotières, les bras en croix ?

Lucette :

Il déclare sa flamme. Il roucoule, si vous préférez.

La sœur :

C'est vrai ! Ferdinand me déclamait ses derniers vers...
« Accepte mon corps, fleurette ou mandragore.
Un doux baiser de toi, et je traverserai la mort. »

Le policier :

De la poésie. Je vois... je vois de mieux en mieux.
Dans cinq minutes, j'emballe tout ce joli monde.

L'amoureux :

Alors comme ça, monsieur est inspecteur ?

Le policier :

Inspecteur de police.

L'amoureux :

Et monsieur cherche quelqu'un ?

La sœur :

Tais-toi, Ferdinand ! On ne t'a pas sonné.

Le policier :

Parfaitement, je suis chargé d'une enquête. D'ailleurs, puisque je vous tiens, une fois n'est pas coutume, et que vous devenez le suspect numéro un dans une affaire d'espionnage, je vous ordonne de ne pas vous éloigner de la scène du crime. Vous devez rester à la disposition de la police.

L'amoureux :

Vous n'y songez pas ! Maman reçoit les Dupont-Chasuble à dîner. Une soirée au cours de laquelle ma présence est plus que hautement conseillée.

Le policier :

Secret d'État. Maman comprendra !
Vous ne bougez pas d'ici, jusqu'à la fin de l'enquête.
Pour l'instant, mes indices sont minces, quasi inexistants.
Le bougre étant parti au diable Vauvert, je n'ai que trois suspects et un pendu envolé.

L'amoureux :

Un pendu ! Si c'est une plaisanterie, vous devriez l'abréger. C'est d'un ridicule... Écoutez, commissaire, je ne peux absolument pas manquer ce dîner. Il y va de mon avenir. Ma carrière est en jeu !

La sœur :

Inspecteur, oseriez-vous chagriner le cœur d'une mère ? Briser l'envol d'un futur rond de cuir ? L'avenir de Ferdinand est tout tracé. Vous parlez à un futur ministre !

Le policier :

Ministre ou pas, la Loi est la même pour tous ! Ne l'oubliez pas.

L'amoureux :

Mais que cherchez-vous, à la fin ?

Le policier :

Un pendu. Russe, de surcroît !

L'amoureux :

Vous extrapolez, monsieur. Vous pouvez constater qu'il n'y a pas l'ombre d'un pendu ici.

Le policier :

Ben voyons ! Pas l'ombre d'un moribond…
Bingo, Durantin ! En plein dans le mille ! Et ça ?
Qu'est-ce que vous dites de ma trouvaille ? Hein ?

L'amoureux :

Ma cravate ! J'en ai grand besoin pour cette soirée.
Rendez-la-moi !

Le policier :

Pièce à conviction. Confisquée !

L'amoureux :

Mais puisque je vous dis que…

Le policier se précipite vers les toilettes…

Lucette (*discrètement, à sa sœur*) :

C'est malin. Quel fouille-merde ! On peut dire que tu les
collectionnes.

La sœur :

Je voulais t'aider, Lucette. Je n'ai pensé qu'à nous sortir
de là…

Lucette :

Qu'est-ce qu'il farfouille dans mes toilettes ! Il démonte tout, ma parole ! Ce petit inspecteur commence sérieusement à me taper sur les nerfs.

L'amoureux :

Mon aimée, ma douce, expliquez-vous. Qu'avez-vous fait ? Une grosse bêtise, c'est ça ? Allez, confiez-vous à votre Ferdinand. Dites-moi tout. Libérez votre conscience, je peux tout entendre.

La sœur :

Oh, vous ! Ne me touchez pas… la barbe !

Le policier (*revenant dans la pièce*) :

Jeune homme !

L'amoureux :

Qui, moi ?

Le policier :

Oui, vous. Approchez… Plus près. Connaissez-vous ces deux femmes depuis longtemps ?

L'amoureux :

Longtemps, c'est vite dit. Disons que je les connais à peu près.

Le policier :

Attention ! Dans la police, l'à-peu-près est synonyme de bricolage. Jeune homme, apprenez que Durantin ne bricole jamais une enquête ! Il la fignole. Il s'applique. Et quand il y va de la vie d'un homme, il se surpasse !

Lucette :

Oh ça, pour fignoler... Quel raseur !

L'amoureux :

Monsieur, je respecte grandement la maréchaussée. Toutefois, je dois vous avertir que ma mère est terriblement à cheval sur les principes. Quiconque la contrarie s'expose à de gros ennuis. Elle peut se changer en virago et faire sauter votre rosette en un rien de temps. Mon avenir l'a rend folle. Puis-je lui passer un petit coup de fil ?

L'amoureux tente de s'esquiver.

Le policier (*rattrapant Ferdinand par le col*) **:**

Plus tard, mon petit gars, plus tard. Votre mère attendra...

L'amoureux :

Vous m'étranglez... Lâchez-moi !

Lucette :

Dites, monsieur l'inspecteur, votre séquestration arbitraire va durer encore longtemps ?

Le policier :

Je ne séquestre pas, madame, je garde à vue ! Votre sœur m'a appelé, j'ai accouru. En tant qu'homme d'action et de devoir, j'irai au bout de ce mystère. Et nul ne pourra m'en empêcher.

Lucette :

Sauf que pour nous garder à vue, il faudrait nous présenter un mandat. Moi aussi, je connais les lois !

Le policier :

Et la Révolution ? Les Droits de l'homme, la Constitution de l'An 1, la déclaration de 1789... « Ah, ça ira, ça ira », vous me suivez ?

La sœur :

Il est complètement toqué ce type.

L'amoureux (*en s'éloignant discrètement*)**:**

Ou alors, il a bu.

Lucette :

Je ne sais pas où tu l'as déniché…

La sœur :

Mais, sur le trottoir, ma Lulu. Il faisait les cent pas, avec un air normal. Je ne pouvais pas deviner qu'il lui manquait une case. Il m'a vue affolée et…

Le policier :

Pas de messes basses sans curé ! Les petites Fabrique possèdent le goût des confidences; elles sont bavardes, complices, sournoises, mais sur la Révolution, rien. Nada. Nothing ! C'est le trou, motus et bouche cousue, passez muscade ! La Terreur, la guillotine, le 18 Brumaire, à quoi ça rime pour ces demoiselles ? Elles ont chassé de leur mémoire une page capitale de l'histoire de France. Une page déchirée dans un vieux manuel scolaire. Et ce n'est pas tout… À quoi s'occupait la famille de Fabrique, pendant que d'autres se faisaient couper la tête ? Pensez-vous qu'elle priait ? Qu'elle résistait ? Ou encore, aidait son prochain ? Que nenni ! Pas le genre de leur maison ! Mais pour se dorer la pilule aux Antilles, tandis que d'autres goûtaient au couperet des enragés, il en fallait du courage. De l'héroïsme en barre. Un beau fait d'armes, vraiment !

La sœur :

Qu'est-ce qu'il lui prend ? Il est de plus en plus dingue !

Lucette :

Chut... Laisse-le finir. Nous assistons à une minute
historique. Sa gorge est nouée, mais le noyau final
ne devrait pas tarder à sortir. Il va le cracher.

Le policier :

Ah, la mer, les cocotiers, la canne à sucre... la belle vie,
en somme. Tout le monde en rêve, et personne n'en voit
jamais la couleur; surtout, avec l'Incorruptible dans le dos,
et pas un rotin pour assurer ses arrières.
Après la fuite des Fabrique dans les îles, les Rouges ont
cherché des coupables, et le vieux Durantin avait la tête
de l'emploi. Coupée cabèche, le vieux !
Les obsédés de la lucarne ne l'ont pas loupé.
En route pour le piquet. À sa place, je n'aurais pas levé
le petit doigt. Dire qu'il est mort pour ça... Pour sauver
la famille de Fabrique ! Une famille de nobliaux ingrats,
dégénérés, consanguins !

La sœur :

Il va exploser... Tu ne pourrais pas le calmer ?

Lucette :

Si. Passe-moi le seau.

Le policier (*reçoit le seau d'eau sur lui*)**:**

Ah ! Une vague… Mon costume, mes souliers, ma chemise !
Je suis tout trempé, moi. J'exige que le ou la coupable lève
le doigt !

L'amoureux (revenant dans la pièce)**:**

Youpi, les amis ! Tout est arrangé. J'ai téléphoné à maman,
elle m'accorde ma soirée. J'ai quartier libre jusqu'à minuit.
Elle me pardonne, et les Dupont-Chasuble aussi. Je vais
pouvoir vous épauler ma douce amie. Vous assister dans
cette affaire rocambolesque, et démontrer à ce rustre que
vous êtes blanche comme la colombe de la paix.

La sœur :

Encore, vous ? Ne me touchez pas, je vous déteste !

L'amoureux :

Qu'ouïs-je ? De vilains mots sur vos lèvres si douces.
Ça alors ! Mais vous dégoulinez de partout, mon pauvre ami.
Et vous sentez l'eau de javel. À propos, j'ai croisé dans le
couloir un homme essoufflé qui prétendait être le directeur
de l'hôtel. Il paraissait très contrarié. Justement, le voilà !

Le directeur :

Lucette, enfin ! Je vis un véritable cauchemar. Il nous arrive une chose terrible ! Nous avons perdu Boris !

Lucette :

Le chien de madame Ripoisse ?

Le directeur :

Mais non... Je vous parle de Boris, le ventriloque, la star du cirque de Moscou.

Lucette :

Parce que nous hébergeons un cirque à l'hôtel ? Première nouvelle...

Le directeur :

Un cirque, oui. Bon sang de bonsoir, nous frôlons l'incident diplomatique. Par exemple ! (*Découvrant la sœur*) Vous ? Que faites-vous là ? Je vous ai interdit de remettre les pieds dans mon hôtel. Fichez-moi le camp, immédiatement !

La sœur :

Pardonnez-moi, monsieur le directeur. J'avais promis de ne pas revenir, mais j'ai une excuse en or. Regardez ce joli bouquet de violettes... Il sent bon, n'est-ce pas ?

Il est touchant. Humez sa fragrance. C'est chamboulant, pas vrai ? On se sent transporté dans un sentier forestier ou dans un musée, devant un tableau d'Édouard Manet, le jour où il brossa le portrait de Berthe, sa jolie belle-sœur. Rendez-moi mes violettes, à présent ! Parce que, dans quelques jours, leur parfum deviendra encore plus prégnant, envoûtant, renversant. Apprenez, monsieur le directeur, que ce bouquet va égayer mon balconnet, et que je compte bien le planter avec une mandragore.

Le directeur :

Dans ce cas... Puisque vous me présentez des excuses botaniques, je veux bien fermer les yeux. Attention, c'est la dernière fois ! Lucette, je vous en prie. Aidez-moi à retrouver ce ventriloque, au plus vite. Sinon, je vais plonger, ma petite Lucette, et vous coulerez avec moi. Si l'ambassade s'en mêle, je n'ai plus qu'à fermer boutique. Chômage technique pour tout le monde. Vous me voyez, moi, faire la queue à l'ANPE, mendier ma pitance, jouer à cache-cache avec les créanciers. Et tout ça pour un artiste russe ! Misère ! Dans quelle mélasse, suis-je tombé ?

Le policier :

Je me présente, inspecteur Durantin ! Excusez-moi de m'introduire aussi cavalièrement dans la conversation, mais j'ai ma petite idée sur le sujet qui vous préoccupe. Nous savons tous que les étrangers raffolent de notre belle capitale. Je ne vois donc qu'une explication…
Votre ventriloque n'a pas fugué, il visite Paris.

La sœur :

Oui. Une lubie... un caprice, une fantaisie d'artiste !

Le directeur :

Lucette, vous arrosez nos clients, à présent ? Mon Dieu, écoutez la complainte d'un hôtelier, faites qu'il revienne ! *(Une sonnerie de portable)* Ah, je sonne... Comment ? Un mot dans sa chambre ? Et il l'a laissé sur sa table de Nuit ! Prévenez immédiatement l'ambassade. J'arrive...

La sœur :

Le directeur se sert d'un téléphone portable... mon rêve ! Qu'en dites-vous, Ferdinand ? Moi, je trouve ça épatant ! Ô, mon aimé, vous qui ne songez qu'à me combler, ne cherchez plus... Offrez-moi le même !

Le directeur :

Mes amis, tout s'arrange ! Le bougre a voulu s'offrir la tournée des Grands Ducs, mais il a laissé un mot.
Vis-à-vis de l'Ambassade, je suis couvert.
Bien, le devoir m'appelle, tout le monde m'attend.
On s'impatiente, là-haut.
Ah, j'oubliais... Ma petite Lucette, l'homme est un original.
Il peut lui venir l'idée saugrenue de repasser par ici.
On ne sait jamais avec ces étrangers... un coup de sang, un égarement, un besoin urgent, et ils nous filent entre les doigts comme du sable fin.

Écoutez-moi bien, si jamais vous le repérez, vous me l'envoyez immédiatement. Lucette, je compte sur vous !

Le directeur s'éloigne d'un pas vif...

La sœur :

Eh bien, une page se tourne. Tout est bien qui finit bien. N'est-ce pas, monsieur l'inspecteur ?

Le policier :

La page n'a pas bougé. Un fonctionnaire se méfie toujours des apparences. Je dois éclaircir l'affaire du jardinier.

La sœur :

Allons... Ne me dites pas que vous n'avez rien deviné. Vous, un si brillant policier !

L'amoureux :

Parlez, mon aimée ! Ouvrez votre cœur, videz-le... Si vous savez quelque chose, vous devez aider ce brave homme à clore son enquête.

Lucette :

Allez-vous finir, à la fin ? J'existe, moi aussi ! Toutes vos sornettes me donnent la migraine. Je réclame le silence !

La sœur :

Voyons, Lucette ! Il ne faut pas sortir de Saint-Cyr pour deviner que le pendu et le ventriloque ne sont qu'une seule et même personne.

Le policier :

Pas possible ! Le pendu serait… ?

La sœur :

Le ventriloque.

Lucette :

Tu veux dire que… Et mon coup sur la tête ?

La sœur :

Toujours le ventriloque.

Le policier :

Allons, allons… votre histoire est rocambolesque.

La sœur :

Quittez vos œillères, et suivez mon raisonnement !

Nous avons un ressortissant russe, lâché dans un pays capitaliste; ses supérieurs ne font pas dans la dentelle, le moindre de ses mouvements est observé à la loupe.
Il lui faut donc improviser. Trouver une petite astuce.
S'évader et visiter Paris librement, il en rêve depuis qu'il est gosse…
Il cherche le moyen de s'enfuir, et finit par le trouver.
Il va mettre en scène sa propre mort.
Bref, sa pendaison lui a fourni des jambes !

Le policier :

D'après vous, le gars en question aurait exécuté son propre coup de grâce ?

L'amoureux :

Antoinette a raison ! Dès qu'ils posent le pied à l'Ouest, ces gens-là ne songent plus qu'à rester.
Souvenez-vous de Boris Pasternak, le grand écrivain… lui aussi a bel et bien abandonné sa terre natale, pour vivre libre chez nous.

La sœur :

Parce que vous lisez Pasternak ? Vous, Ferdinand !

L'amoureux :

J'ai vu sa photo dans la presse… tous les journaux en ont parlé !

Le policier :

Mouais… Vous n'oubliez qu'une chose. La Guerre froide
est terminée. La Russie est devenue un pays libre. Alors,
à quoi bon se sauver ?

La sœur :

Libre… Mais pour un homme comme lui, la liberté ne se
conçoit pas sans mouvement.
Pour un artiste, le souffle de la création ne s'épanouit qu'à
travers un espace sans limites. Le cirque devait l'annihiler.
Lui couper les ailes. Il se sentait emprisonné. Il ressentait
frénétiquement le besoin de penser, d'aimer, de s'exprimer
sans entraves. Ce Boris désirait plus de liberté, voilà tout !

Le policier :

Je vois. Je vois…
En somme, il était ventriloque sous la contrainte.

La sœur :

Exactement ! Vous avez tout compris, inspecteur.

Lucette :

Travailler avec un seul rouble en poche…
Pauvre homme, il ne devait pas rigoler tous les jours.
N'empêche, il faisait un beau pendu.

L'amoureux :

Quelle lumineuse plaidoirie ! Quel talent !
Antoinette, vous m'avez ébloui !
À présent, venez… les Dupont-Chasuble doivent mourir
d'impatience. Ils seront enchantés de vous connaître.
Et si vous m'embrassez, dès demain, je vous offrirai
l'objet que vous convoitez tant.

La sœur :

Le portable ! Le même que le directeur ? C'est bien vrai ?

Lucette :

Antoinette, tu n'as pas honte ? L'amour ne s'achète pas
avec un gadget.

La sœur (*après avoir embrassé le jeune homme*) :

La barbe ! Je fais ce qu'il me plaît.
Ouvre les yeux, Lucette. Vis avec ton temps.
La révolution et les de Fabrique, tout le monde s'en fout.
C'est de l'histoire ancienne. Crois en l'avenir, sœurette !
La technologie n'a pas fini de nous surprendre. Bientôt,
l'intelligence artificielle remplacera la main de l'homme
pour notre bien à tous.

Lucette :

Un chamboulement qui sera la cause de notre malheur.

Ta machine gommera nos souvenirs. Elle nous enchaînera au présent. Et on régressera… Parce qu'un homme sans passé, c'est comme une chanson sans paroles.

Le policier :

C'est joliment formulé. Mais, que devient mon enquête ?

La sœur :

Elle s'arrête là. Souriez, inspecteur ! Pour une fois, vous échappez à la paperasse.

Le policier :

Si je comprends bien, mon enquête s'achève en queue de poisson. J'ai subi tout ce tohu-bohu pour rien. Pour rien du tout…

La sœur :

J'y vais, Lucette…
Préviens maman que je passerai la voir demain, à l'heure du thé.

Antoinette sort bras dessus bras dessous avec son amoureux.

Le policier :

La jeunesse ! Tout feu, tout flamme. Ils sont charmants. Savez-vous que votre sœur possède l'instinct des grands détectives. Si, si, elle a du nez ! Croyez-vous qu'il va revenir ?

Lucette :

Qui ça ?

Le policier :

Le ventriloque ! Mon flair me dit que le directeur l'attendra longtemps. Paris est une ville si trépidante. Sans oublier ses tentations. Le bougre va succomber, il n'aura que l'embarras du choix. Bon, il se fait tard…
Je dois retourner à mes moutons, comme on dit.

Lucette :

Et moi, à ma serpillère…

Le policier :

Dire qu'il a suffi d'un drame… un tout petit drame de rien du tout, pour que nos deux familles soient réunies. Partager la mémoire d'un disparu, cela crée des liens à force; vous ne trouvez pas ? La rivière rouge du souvenir n'est pas perdue, elle ne s'est pas tarie.

Sur cette pensée douce, le devoir m'appelle. En route, garnements de l'Empereur ! Sonnez, matines ! Résonnez, trompettes ! Je brûle. Je revis. Je cours en première ligne. Ah! Lucette... ma sœur retrouvée, vite, dans mes bras, que je vous dise au revoir !

Lucette :

Adieu, monsieur Durantin... adieu.

Le policier *(pleurnichant)* **:**

Tenez, j'en pleure... L'émotion m'étreint. Que voulez-vous, faut que ça sorte. Tout ce chagrin accumulé au fil des siècles, c'est... c'est... c'est comme un abcès qui crève.

Lucette :

Un peu de tenue ! Remettez-vous, inspecteur.
Mon mouchoir n'est pas sale, prenez-le !

Le policier :

Merci. Merci pour tout ! Je suis orphelin... Le soir, je mange ma soupe, tout seul. Ma vie est un enfer. Je végète. Je rate toujours tout. Ma hiérarchie me méprise. Le bonheur me fuit, me tourne le dos. Et les femmes... Ah, les femmes...

Lucette :

Je sais. Je sais...

Le policier :

Comme vous êtes bonne… Si séduisante, dans votre petite blouse à carreaux gris. Ah, ma sœur, dans mes bras, une dernière fois !

Lucette :

Il suffit, inspecteur ! Bas les pattes ! On rentre au bercail, monsieur Durantin. Et que ça saute !

Le policier :

Émile… Mon petit nom, c'est Émile. Vous vous en souviendrez ?

Lucette (*le poussant vers la sortie***):**

J'ai dit, dehors !

Le policier :

Fort bien, je n'insiste pas. Au revoir, ma Lucette. Votre parfum m'enivre. En souvenir, je garde le mouchoir.

Il sort à reculons.
Lucette s'écrie « Attention à la marche ! »

NOIR

Lucette :

Ils sont tous partis… bon débarras !
Même Antoinette commence à me taper sur les nerfs.
Cette façon de minauder pour obtenir un téléphone portable,
elle file du mauvais coton. On dirait Zizi Jeanmaire ! Et que je
me trémousse, et que je tortille mon derrière, et que j'avance
ma bouche en cul de poule… Autant faire la danse du ventre
devant la statue du Commandeur ! À tout bout de champ, il
faut qu'elle étale sa science.
Et Manet, par ci. Et les Russes, par là. Et le gaz carbonique
qui fait pschitt… Ma parole, elle récite le Petit Robert ! C'est
comme cette histoire de pendu. Un ventriloque au plafond,
quelle blague ! Et pis, quoi encore ?
En plus, il s'appelle Boris… Et, pourquoi pas Godounov ?
Imposteur, va ! N'empêche que ta mandragore, elle ne
fleurira pas.
Tu t'es vautré inutilement dans la Goulasch, mon vieux Boris.
Ton numéro d'équilibriste ne valait pas tripette. S'inspirer du
Cadavre vivant n'est pas donné au premier venu; et encore,
dans son chef-d'œuvre théâtral, Tolstoï ne t'aurait pas noyé,
mais suspendu à un bouleau !
Drôle d'oiseau, quand même… Dire qu'il était installé là,
suspendu dans mes waters, mimant la mort, et qu'il a tout
entendu. Mes conseils, la poésie, les gares, les jardins,
l'hôtel d'Angleterre et tout le toutim l'ont guidé dans la ville,
à l'œil ! J'ai tellement l'habitude de bavarder toute seule pour
me tenir compagnie, qu'il m'a eue en beauté.
Je ne parlais pas aux murs, mais à un pendu.
À quoi bon m'inquiéter ? Il m'a déjà oubliée.
L'oiseau blanc s'est envolé, bon vent !

Par contre, question santé, ses alvéoles n'ont pas chômé.
Il en faut du souffle pour rester accroché à un plafond,
verticalement, sans bouger.
Il a dû s'entraîner avant, ou pratiquer le yoga.
Tout est possible, après tout ! La preuve...
Rater son suicide ! Se laisse exploiter par un cirque !

*La porte grince. Une tête passe dans l'encadrement,
elle vérifie que la voie est libre.*

Je le vois bien sortir d'un trou...
Un gaillard issu du monde rural, sentant le lait de vache.
Mal dégrossi, un peu chauve sur les bords, il porte une
barbe noire et court la campagne en troïka.
N'empêche qu'un zigoto qui cogne aussi sauvagement
une femme manque forcément d'éducation. Il ne peut
s'agir que d'un ignorant, d'une brute épaisse, d'un paysan
qui dort dans la paille avec ses bottes en peau de chèvre.
Le gosier du moujik est perpétuellement assoiffé de Vodka.
Je me souviens du roman Guerre et Paix...
Son auteur décrivait à la perfection la vie de ces millions
d'illettrés, que les rabatteurs de l'armée extirpaient de leurs
isbas sans aucun ménagement et expédiaient sur les
champs de bataille.
Une lignée d'autocrates les a maintenus dans la misère
et l'ignorance. Ce sort impitoyable, qu'ils acceptaient sans
broncher, m'émeut...

Un homme entre à pas de loup...

Le ventriloque :

Votre esprit s'égare, Lucette. Dans notre grande Russie, le knout a été supprimé depuis belle lurette. Vous datez !

Lucette :

Allons bon, qui va là ? Si j'entends des voix, à présent...

Le ventriloque :

Une voix dans la nuit, Lucette. Ne craignez rien, et tournez-vous. C'est moi, Boris ! Le moujik que vous avez cru mort, il se tient devant vous. Mon suicide a marché comme sur des roulettes. J'ai réussi à faire illusion. Même si j'avoue avoir raté ma sortie.

Lucette :

Le Cadavre vivant... Mon Dieu ! *(Elle se signe.)*

Le ventriloque :

Une gentille pièce de théâtre. Un peu surannée, cependant. L'auteur la considérait inachevée, il ne l'aimait pas beaucoup. Rien à voir avec Guerre et Paix, son célébrissime ouvrage.

Je suis heureux que vous l'ayez lu. Dans ce roman, le grand, l'unique, le magistral Lev Tolstoï s'est surpassé.

Lucette :

Parmi toutes ses héroïnes, je préfère de loin Anna Karénine. Sa fragilité, sa nature passionnée… Quand je monte dans un train, je pense toujours à elle.

Le Ventriloque :

La locomotive ! Une scène déchirante de vérité ! Un cœur de femme brisé par le chagrin et le remords, et le drame se produit. Mais, à quoi bon céder à la sensiblerie ? Anna pouvait aimer à la folie, sans céder au découragement. À propos, connaissez-vous le livre Résurrection ?

Lucette :

Non. Je ne l'ai pas lu.

Le ventriloque :

Je vous le recommande… Bien que passablement austère dans sa vie maritale, dès qu'il s'agissait de décrire avec compassion la condition féminine, Tolstoï pouvait montrer du génie. Dans Résurrection, la femme y est représentée en martyre, et les hommes ne sont pas des parangons de vertu. La plupart ne valent rien, ils se comportent en vrais salauds. L'intrigue devrait vous plaire, d'autant que l'héroïne s'en sort. Son histoire se termine bien.

Lucette, puis-je vous révéler le fond de ma pensée ?
En français, vous possédez une jolie expression pour
dire ces choses assez personnelles. C'est une formule
de jardinier... Comment dites-vous ?
« J'ai une épine dans le pied ! », ça vous parle, non ?
Vous n'ignorez pas que les derniers événements ont
tourné en ma défaveur. Que mon cadavre est devenu
très encombrant. Et comme je ne suis pas romancier,
je n'ai pas trouvé le moyen de m'en débarrasser.
Mon attitude vous chagrine, n'est-ce pas ?
Vous songez, à quoi bon revenir se jeter dans la gueule
du loup ? Cet homme a perdu la tête. Oui, mais... Quand
on possède une nature aussi pragmatique que la vôtre,
on apprécie la franchise. J'irai donc droit au but.
Il est hors de question que je continue à travailler dans
ce cirque ! Je dois m'organiser, modifier ma destinée et
peaufiner ma disparition. Le public m'a volé ma voix.
Je hais les ventriloques ! Je veux retrouver Boris.
Autre chose... Une trace personnelle s'est échappée
de la poche de ma veste, je suis revenu pour l'effacer.

Lucette :

Moi, trace ou pas, je ferme dans dix minutes !

Le ventriloque :

Justement, le temps presse...
Vous allez partir, vous engouffrer dans la ville, retrouver
votre chère maman, et je serais bien aise de récupérer
mon bien.

Lucette, vous détenez un rouble et une vieille photo de famille, des souvenirs personnels qui comptent beaucoup pour moi. Même si ce sont des babioles sans aucune valeur, des petits riens sentimentaux, j'y tiens énormément.

Lucette :

Reprenez-les vos trésors. Que voulez-vous que j'en fasse ? Je pose tout votre bazar sur la table et, si ça vous chante, vous pouvez emporter les violettes. Je vous les offre !

Le ventriloque :

Merci. Au fait, je tenais à m'excuser pour le coup de poing. J'aurais dû doser mon élan. En tant qu'artiste de cabaret, je végète dans une situation inextricable. Mon suicide devait tout arranger. Me libérer d'une exploitation, imposée par la misère. Je ne suis pas un singe savant… Que ma pendaison ait mal tourné, qu'elle vous ait plongée dans l'embarras, je le reconnais et m'en excuse. Mais, je dois finir le travail. Vous comprenez ?

Lucette :

Et comment ! Lucette n'est pas si bête. Bien sûr qu'elle comprend. Elle comprend tout à merveille. Seulement, Lucette s'apprête à fermer ses petits coins.
Elle est fatiguée, Lucette. Elle en a jusque là… plus que ras-le-bol ! Alors, elle va ôter sa blouse, rentrer chez elle, manger sa soupe et retrouver son lit, vite fait bien fait. Et, demain, tout ira mieux. Veux-tu que je te dise pourquoi ?

Eh bien, au p'tit matin, quand son réveil sonnera, elle ouvrira un œil bouffi de sommeil, et elle songera à un grand bol de café au lait, avec du beurre, du pain grillé et de la confiture de griottes. Et ce sera le meilleur moment de sa journée.
Un moment de plaisir intensif ! Parce que, à cet instant précis, elle se dira que la vie est belle.
L'extase, Boris... c'est aussi bath qu'un roman !

Le ventriloque :

La griotte ?

Lucette :

Oui. Une variété de cerises. Un fruit d'une saveur royale !

Le ventriloque :

Hélas ! les seuls fruits que j'ai goûtés étaient amers. Mais j'ai tout prévu ! Dans l'éventualité où votre beau pays me chicanerait un nid, je partirai vers d'autres cieux. Comme Tourgueniev, je rêve de vivre en robe de chambre.
D'ici là, le pigeon voyageur reprendra son long périple.
Mes ailes se déploieront. Et je m'envolerai...
Lucette, vous me plaisez beaucoup.
Vous avez du cran, du punch, du tempérament. Si je n'étais pas embarqué dans une voie sans issue, je vous aurais fait la cour. Votre courage m'a ébloui ! Ne changez rien, Lucette. Et surtout, pardonnez-moi...

Le ventriloque disparaît comme il est venu…

Lucette :

Eh, minute ! Ne partez pas comme ça… Je ne connais même pas votre adresse! Qu'allez-vous devenir ?
Espèce de lâcheur, revenez ! Boris… l'homme qui aimait la lecture. Il n'a jamais goûté de griottes, et court après la liberté. Moi aussi, je pourrais disparaître. Me sauver sans laisser de trace. M'envoler !
En route, pour la nature, l'aventure, le chant des oiseaux ! Je plaque tout… Adieu, javel, Ajax, chiffons, et wassingues ! J'envoie une carte postale pour rassurer mes proches. Puis, je deviens amnésique. Lucette, moi ? Non, non, vous faites erreur. Dame pipi ? Vous vous méprenez.
Regardez-moi, je virevolte comme un papillon.
Laissez-moi vous raconter mon histoire… vous décrire ma vie d'avant, ça ne prendra que quelques instants.
Je descends d'une longue lignée d'aristocrates. Ma famille a tout perdu pendant la révolution ; tout, sauf son honneur ! Notre blason représente deux tours et deux chênes.
Mon métier n'a rien d'une vocation, bien au contraire. Commentai-je été amenée à l'exercer ? Comme beaucoup de femmes, pardi ! Parce qu'il le fallait ! Un jour, mon père est parti sans laisser d'adresse. Il s'était entiché d'une garce. Elle lui tourna si bien les sangs, qu'il ne trouva rien de mieux que d'abandonner sa famille. Maman n'a jamais pu travailler, elle souffre d'agoraphobie. Elle a essayé de se soigner, mais ses angoisses ont empiré…
Dès qu'elle voit du monde, elle panique.
Les premiers temps, une petite rente nous a sauvé la mise.

Puis, nous avons changé de quartier, déménagé dans un appartement plus modeste et modifié notre train de vie.
La transition nous a permis de tenir quelques années.
J'ai obtenu mon bachot avec mention, reçu les félicitations de tous les habitants de notre immeuble...une journée d'été mémorable. Je m'apprêtais à entrer à l'université, quand les emmerdes ont commencé. Les huissiers déboulèrent.
Au début, on ne les voyait pas; ils laissaient des avis de passage dans la boîte aux lettres, et repartaient bredouilles.
Vint le jour où ils cognèrent à la porte comme des brutes.
Bien que notre existence eût été réduite à l'essentiel, l'argent ne pousse pas sous les sabots d'un cheval. Nos économies avaient fondu comme neige au soleil.
Des cousins charitables nous apportaient des vivres; puis, ce fut la fin des haricots. Nous étions menacées d'expulsion.
Toutes les nuits, Maman sanglotait; je l'entendais et, mon cœur se déchirait. Inexorablement, l'étau de la déchéance se refermait. Les commerçants ne voulaient plus nous faire crédit. La rue nous menaçait... Le boulanger était un brave homme, il ne nous a jamais refusé un pain.
J'ai vu une affichette sur son comptoir, un hôtel recherchait une jeune employée d'entretien. Je me suis présentée, et la chance m'a souri. Le directeur m'a embauchée le jour même.
C'était un dimanche...Quand il m'a montré l'endroit où j'allais travailler, j'ai cru mourir de découragement.
L'odeur, qui vous prenait à la gorge, était épouvantable.
Il s'agissait d'un lieu étouffant, sans fenêtre, dans lequel s'entassaient des cuvettes repoussantes de saleté, que la dernière employée avait désertée sans demander son reste. J'ai compris que mon travail consisterait à l'assainir.
À passer derrière les immondices des autres.

À briquer toute la journée, l'endroit où le public vient se soulager. D'un ton détaché, le directeur ajouta : « La clientèle apprécie les bonnes manières... Pensez, soucoupe ! Plus vous serez aimable, plus les pourboires vous enrichiront. »

Bref ! Sous l'œil blafard des néons, dame pipi fut mon premier emploi, et surtout, le dernier.

Une activité peu folichonne, surtout l'été. Mais le temps a passé, et les wassingues m'ont emprisonnée dans leurs mailles. Le train-train quotidien s'est installé; insidieusement, la routine a écrasé mes rêves d'une autre vie.

L'amour des livres m'a empêchée de sombrer; je n'ai jamais cessé de lire. Les mots ne m'ont jamais trahie. Secrètement, follement, voracement, j'ai toujours aimé la lecture !

Et puis, ma petite sœur, Antoinette, s'est inscrite en faculté de médecine. Et comme il lui fallait de l'argent, je suis resté dans mon sous-sol. L'aider à poursuivre ses études dans de bonnes conditions est devenu mon combat.

Je voulais qu'elle réussisse ! Qu'une de Fabrique Sainte Louve refasse surface. Qu'elle s'en sorte... Finalement, elle se mariera en grande pompe avec son Ferdinand, et n'obtiendra aucun diplôme.

L'eau de Javel a dû décaper ma lucidité.

J'ai désiré tout orchestrer, et je me suis plantée.

Prévoir l'avenir donne du grain à moudre aux rêveurs immobiles; c'est une fantaisie de romancier. Léon Tolstoï en a joué sans répit; il a su orienter la destinée de ses personnages, alors que nous...

L'existence nous rappelle sans cesse à l'ordre; elle nous apprend à nous délester de nos rêves, à les égarer en route, à apprivoiser la déception, à n'être assurés de rien.

L'arrivée de ce pendu a tout chamboulé...
Jamais personne ne m'avait parlé avec une telle clarté.
Ce Boris, que j'ai vu traverser la vie comme un pigeon
voyageur m'a redonné la foi. Il m'a montré le chemin.
Disparue, la Lucette en blouse rose !
La vieille fille sacrifiée, fossilisée, javellisée va reprendre
son destin en main. Il va se rebiffer, le papillon.
Il va défroisser ses ailes, ouvrir grand ses ocelles, enfiler
une robe de chambre et, d'ici peu, il volera haut, très haut,
le plus haut possible dans un ciel bleu roi.

Place au bonheur, à la liberté...
Les commodités sont fermées !

FIN